文學の森
ベストセラーシリーズ

句集

瞬き

森田孝子

序

孝子さんとの最初の出会いは、朝日カルチャーセンター福岡教室で月一回開かれる「日曜俳句入門」であった。俳誌「菜殻火」の野見山ひふみ主宰と、編集担当であった私と交代で講師を務めていた二十年ほど前のことである。

その頃の孝子さんは、万事真面目で控え目でありながら内には強いものを秘めた人だという印象であった。そして、お手本のような文字で書かれた句稿などを見て「ああ、この人は小学校時代から優等生だったに違いない」と思ったものである。初学の頃に次のような句がある。

筆始め平和の二文字太く書く
ラガー等の去りし校庭土の冷え
乙女らの胸ふくよかに卒業す
青麦や背伸びをしたき男の子

温かい女教師のまなざしが感じられる作句である。
孝子さんの父祖の地は、四国の香川とのことである。俳人にとって出身地は大きな意味を持つ。故郷の原風景や原体験がその作風に影響するからである。

父祖の地は懐深し掛大根
実南天汲む人もなき釣瓶井戸
小春凪ふるさとびとは皆老いて

玉藻よし讃岐の国の青田風

孝子さんにとって職を退くまでのこの二十年間は、中学校の教師という激務の中、妻として、二人の子の母として、嫁として大変な毎日であったろうが、その苦労を訴える作品はほとんどなく、一方俳句教室も休んだことはなかったと記憶している。

子の唱ふる無量大数天高し
一人旅終へし子迎へ沈丁花
鳥渡るもう転勤のなき父に
初潮の子小さき声で豆をまき
十六夜や義父の遺しし砂時計
嫁といふ厄介な位置柿の花
桑の実や古里遠く母老いぬ
今日よりは一家なす子に天高し

爽やかに白無垢の娘は手を離れ
逝きし姑今どのあたり蓮の花

家族を詠んだ句を挙げてみたが、俳句は自分史にとどまらず家族史でもあることを改めて思った。なお、最も大切な方の句が一つもないのも孝子さんらしい。

句集『瞬き』の主流の一つは旅吟であろう。春休みや夏休みを利用しての一人旅、お子さんたちの進学先や就職先を訪ねた折に足を延ばした長崎、京都、奈良、あるいは北陸などの作品がそれであり、佳句も多い。

爆心地より飛び立てる夏の蝶
二畳間は博士の天地蝸牛
阿蘇は今芒明かりの寂光土
一陣の颪一群の鶴立たす
春の雪室生の里にバス待てば

畦を焼く煙飛鳥の昔より
合掌の屋根裏涼し蚕飼棚
厨子王の母恋ひし島遠霞
銀山の日銭二匁秋暑し
鞍馬より貴船へ抜くる日の盛り

孝子さんの句は、

玄海の風に口開け燕の子
秋風と島に降り立つ修道女
春の日と金平糖を手に掬ひ

など奇を衒うことなく、素直で平明な作品が多いが、中には、

謝謝と今を鳴きゐる蟬の声
春の夢肩甲骨に羽の生え

撒き菱のごと散らばれる稲雀
蟬時雨ひたすらといふ狂気あり
豆を打つ吾が身の内に棲む鬼へ

といった鋭い感性の句のあることも見逃してはならない。
ところで、句集名についてであるが、当初は、

紙風船ついて越後の旅惜しむ

から採って『紙風船』としたいということだった。黒田三郎の詩「紙風船」も念頭にあったかも知れない。しかし熟慮の結果であろう。最終的には次の句、

光年の中の瞬き螢舞ふ

の中の「瞬き」を選んで句集名としたのである。これらのことは、彼女

にとって非常に意義あることであると私は考えている。これまでの「紙風船」的な作風から、「瞬き」で象徴される、永遠の時間の中の今、無限の空間の中の此処、を詠みたいという意志が明確に示されていると思うからである。

上梓される『瞬き』は、孝子さんの第一句集である。一般の俳人としては比較的若い年齢で句集を編むということは、当然第二、第三の句集を目指して新たな歩みを始めることであろうし、そうでなければ意味は薄れる。

現代の人にとって六十代から七十代前半は人生の「華の時代」であろう。退職し、子どもたちも独立し、世間的にも家庭的にも肩の荷も下りて何をするにも自由だからであろう。孝子さんの俳句もこれからが本番である。伸び伸びと心軽やかに、そして自分で納得のいく作品を目指して進んで欲しいものである。

終りに、先師野見山朱鳥先生の『助言抄』の中の言葉を掲げて序文とします。

○俳句では一瞬の相を詠うことがあるが、一瞬の相の中に永遠の相が現れていなくては秀句たらず。
○平明な中にも充実感がなくては作品は弱い。
○感動が実感を超えてはならない。超えた分だけ事実は薄れる。
○ただ見て作った十句より、見て思いをこめた一句こそ尊い。

西村蓬頭

平成二十七年六月

句集瞬き／目次

装丁　三宅政吉

句集　瞬き

花辛夷

平成六年〜十二年

子の唱ふる無量大数天高し

貨車五両泡立草の中に入る

筆始め平和の二文字太く書く

寝静まる裏の木戸押す冬の月

ラガー等の去りし校庭土の冷え

点滴の瓶の向かうに冬の街

一人旅終へし子迎へ沈丁花

水槽の毬藻大きく夏めきぬ

天花粉打ちて幼き日にもどる

鳥渡るもう転勤のなき父に

冬隣跡継ぐ人の欲しと僧

去年今年心の振り子ふりやまず

初潮の子小さき声で豆をまき

啓蟄の古本屋より男出づ

乙女らの胸ふくよかに卒業す

花を待つ城下にポン菓子爆ぜる音

青麦や背伸びをしたき男の子

水馬同心円の中にゐる

守宮鳴くいつはり多き人の世に
原爆忌生けるもの皆影をもち

戀といふ字に似て曼珠沙華燃ゆる

少年に遠き眼差し騎馬始め

水馬流るる雲をつかみをり

十六夜や義父の遺しし砂時計

稲光生涯父は一本気

父祖の地は懐深し掛大根

母の日の缶よりこぼれドロップス

前向きに生きむと思ふ朴の花

百済仏涼しく笑みて立ちたまふ

父亡くせる子に言葉なく沈丁花

春立ちし馬場にひづめの音確か
連凧の夢のつながる天の芯

霾や退職近き女教師に

夕桜青ざめてをり世紀末

海かすむハングル文字の慰霊碑に

夫の叔父・ピアニスト井上直幸の娘の結婚式にて

「無言歌」を娘に弾く父や春の婚

満月を押し上げてゐる花辛夷

玄海の風に口開け燕の子

鶫帰る遠見番所を後にして
母子草積石塚の石棺に

謝謝と今を鳴きゐる蟬の声

干拓の野と野をつなぐ秋の虹

ザビエルの生誕祝ふ島は秋

望郷をつづる更紗や秋の風

小春凪ふるさとびとは皆老いて

実南天汲む人もなき釣瓶井戸

雲雀野

平成十三年〜十六年

三人称単数に倦み鶯替ふる

校倉の木組みの締まり寒の雨

寄鍋や女の本音垣間見せ
とんがつて生きるのもよしつくしんぼ

春の日と金平糖を手に掬ひ

比古の子の立てし案内図たんぽぽ黄

春の夢肩甲骨に羽の生え

みんみんのひとときは高し豊前坊

鳥渡る子は行き先を決めかねて

秋風と島に降り立つ修道女

天離る鄙の国東けんぽ梨
筑紫にも男ありけり都鳥

春の日のヒト科のヒトは檻の外

春陰の顔を埋めしミサベール

麻酔より覚めてひとりの望の月

百代の過客見送り銀杏落つ

漱石の旧居にもらふ草虱

足るを知る年に近づき日向ぼこ

雪達磨とり残されて良寛忌

空海の船出の浦に燕来る

春惜しむ竜馬の駈けし街道に

二畳間は博士の天地蝸牛

爆心地より飛び立てる夏の蝶

泰山木浦上に雲ひとつなく

無垢ゆゑのさびしさに堪へ朴ひらく

川蜻蛉影ひきて飛ぶ爆心地

鷹柱くづれし後の深き空

阿蘇は今芒明かりの寂光土

まだ飛べる力確かめ冬の蝶

小春日やひとりの刻を賜りて

降る雪や太郎次郎と駆け回り

師の詞今も煌めく二月の忌

芽吹き山少し歪な月掲げ

春夕べ日の匂ひして子の戻る

雲雀野を胸のすくまで歩きけり

英彦山吟行　四句

離合待つ彦山駅に燕来る

御旅所に神官二人散る桜

蟇鳴けり雪舟庭に棲み継ぎて

楤の芽を土産に比古の旅終はる
くちなしの花思春期は脆きもの

火山灰の地に二百十日の靴の跡

幕間に子役首出す村芝居

夏炉

平成十七年〜十九年

梅開く薩摩外城の武家屋敷

出水兵児《へこ》修養掟冴返る

一陣の風一群の鶴立たす
鶴万羽中に一羽の丹頂も

引く鶴に風の道あり灘の空

沈黙の海めざし発つ鶴の群

人麻呂の妻恋ふ歌に笹子鳴く

長谷寺の法螺の谺に山笑ふ

隠国の泊瀬の谷に朴芽ぶく

無明橋渡る女人に春の雪

春の雪室生の里にバス待てば

遣隋使戻りし土手の草を焼く

夜桜に集ふ戦後派戦中派

せせらぎの音に応へて桜咲く

戦なき世の大筒に花ひらく

魂を量る死者の書日の盛り

コスモスを揺らせる風になりたき日

冬晴れや昔はありし置き薬

毛糸編む車窓に沿ひて日本海

物理学教授の好む寒卵

見はるかす干拓の野の農始め

校正の中也の朱筆春兆す

如月の阿騎野に今も能舞台
軽皇子狩せし丘の草青む

人麻呂のかぎろひの野の青き踏む

吉野葛晒せる里の濃紅梅

受付に寺の子どもも春休み

春暁の牛舎に牛の眼の二百

竹皮を脱ぎつぱなしに子は育つ

蟻すでに虫の形に群がれり

合掌の屋根裏涼し蚕飼棚

こきりこを聞く夏炉辺の荒筵

日盛りや百万石の流刑小屋

麦屋節流るる村に夏惜しむ

天高し四番蔵に年貢米

レノン忌の三者懇談着ぶくれて

聖夜の灯竪坑櫓天に伸び

寒風やぶつ切りの鮫吊るさるる

燕来る蚕業学校ありし地に

厨子王の母恋ひし島遠霞

貞心尼通ひし道や百千鳥

紙風船ついて越後の旅惜しむ

万緑や舟になる木を積み上げて
流人舟出でたる港卯波立つ

父の腕太し泰山木の花

玉藻よし讃岐の国の青田風

水軍の船隠してふ青岬
与一弓引きし駒立岩灼くる

船虫の八方に散る古戦場

空蟬や身代りといふ死もありぬ

夏草や門司港駅の廃線区

日盛りにバナナの叩き売りの唄

漱石の迷ひし阿蘇の芒原

測量の男分け入る大花野

瞳なき十一月のモディリアニ
飛脚井戸今に伝へて冬に入る

銀河濃し

平成二十年～二十二年

童歌子らに伝へて春を待つ

風光る日出づる国の天子廟

百千鳥和をもつて尊しとなす
飛鳥へと続く官道土筆摘む

「野ざらし」の旅を辿れば菫草

雲雀野に坐る香久山畝傍山

畦を焼く煙飛鳥の昔より

筍をかつぎ山より男出づ

嫁といふ厄介な位置柿の花

六月の風をまとひてチマチョゴリ

聖堂に隠れの里の草刈女

鑑真の眼裏に立つ土用波

火の国の火の山裾に蕎麦を刈る

里人の手解きを受け注連を結ふ

夜神楽や神と一夜を共にして

玄海の風を背に受け鍬始め

涅槃図の百獣声なき声をあげ

花に会ふ役の行者の嶺辿り

朝まだき西行庵に花を待つ

修験者の奥駈道に囀れり

吉野より二上山へ大霞

雪残る白馬山を映し田水張る

老鶯や越後へ続く塩の道

牛繋ぎ石に腰掛け春惜しむ

夏炉焚く昔は牛も泊めし宿

薫風に山菜を売る子らの声

涼しさや峠の茶屋に井戸残り

闇あればこそ美しき揚花火

銀山の日銭二匁秋暑し

豊の秋トラクターにて朝弥撒に

陽水を歌ひ師走の探し物

天平のまろき柱に冬日影

寒禽や天平の鴟尾地に置かれ

秘密基地作る子どもに日脚伸ぶ

遷都千三百年の山を焼く

朧夜や「大和」は沖を征きしまま

啓蟄やトランペットのファンファーレ

殉国の若者の遺書麦の秋

螢の夜母とふたりの写経の間

玄海の風押しのぼる青棚田

桑の実や古里遠く母老いぬ

夏休み音楽室の肖像画

橋は秋ここより街道始まりぬ

露の世に丸き字面の賢治遺書

葛原に風の又三郎さがす

四次元の賢治の世界銀河濃し

木の実降る賢治の童話ひもとけば
しぐるると津軽じよんがら節激し

鷹柱

平成二十三年〜二十四年

炭坑《ヤマ》の世のゴットン節に草萌ゆる

病室の子へ折鶴と受験票

大阿蘇の風をとらへて野火奔る

野火修羅と化し外輪山を駈け登る

余震なほ止まぬ列島花の冷え

先生の被爆者手帳日焼けの手

訪ねたる智恵子の国の風涼し

鳥籠の取り遺されて夏の果

蟬時雨ひたすらといふ狂気あり

秋風や英世生家の糸車

秋の夜の英世を思ふ母の文

防人の発ちし信濃路野分過ぐ

留学の知らせの届く子規忌かな

蕎麦咲けり火の国の空たたへては

土笛は弥生の音色秋の風

撒き菱のごと散らばれる稲雀

鳴く鹿や僧坊十二今はなき

秋水を楽しんでをり芋水車

書紀の世の水路を今に秋澄めり

おくんちの御輿引く牛なだめをり

猪狩の注意札立つ宮の裏

あらたまの波を捉へて波乗りす

島人の的作り待つ弓始め

この星の海は揺り籠浮寝鳥

節分会〆は博多の祝ひ歌

公達の落ちのびし道犬ふぐり

ハーモニカ吹いて牧人野焼待つ

藩校の掘割にあり蝌蚪の国

玄海の引き潮を待ち和布刈る
和布刈る神の島への岩づたひ

芹の味わかる男になりにけり

麦刈つて有明海を近うする

代掻きの水音響く棚田村

雲仙に「野ばら」の午報聖五月

梅雨に入る翅あるものは低く飛び

梅雨晴間浦は総出の網手入れ

天守閣掲げ泰山木の花

最澄の漂着の浜南風吹く

牛若の息次ぎの水蟬時雨

鞍馬より貴船へ抜くる日の盛り

丹波への鯖街道に水を打つ

川音も風も馳走や貴船川床《どこ》

若沖の鶏見得を切る残暑

出征は五日後なりし終戦日

今日よりは一家なす子に天高し

観音の山つぎつぎと鷹柱

仙厓忌近し秋風自在なり

鷹渡る昔仙厓在りし寺

しぐるるや波音遠き鯨塚

禅寺に煮炊きの煙年詰まる

草紅葉

平成二十五年〜二十七年

初夢を獏に食はれてしまひけり

点滴の落つる速さに雪降れり

雪しづり池に波紋を広げたり

女子校の校歌に望東《もと》尼《に》梅薫る

源内の薬草園の梅開く

山門に昨夜の節分豆残る

よちよちと手の鳴る方へ青き踏む

大潮や和布刈鎌手に島の海士

スカーフの風になびけば初蝶来

唐臼の水音ひびく木の芽山

韓の国恋ふ陶神につちふれり
紫雲英田に日暮るるまでを遊びし日

燕来る右いせ左はせの辻

山桜大海人皇子決起の地

磐座の昼しんかんと蟇の声

光年の中の瞬き螢舞ふ

逝きし姑今どのあたり蓮の花

蓮の葉の露は楕円に真円に

湿原の木に翡翠の指定席

炎天や駅にアトムの唄流れ

谺して雄滝と雌滝響き合ふ

インカにもありし生贄暑に堪ふる

牧の牛駈くる地ひびき秋の山

大阿蘇の風を喜ぶ蕎麦の花

豊の秋諭吉に四男五女ありて
掛稲架の五列縦隊整列す

行く人のあれば道なす草紅葉

自転車の稽古してゐる刈田道

信玄の姫の産井の水澄めり

五街道起点の標冬に入る

職退きしのちの勤労感謝の日

初景色河口を波の押しのぼる

春隣父に入浴許されて

日脚伸ぶ術後五日の三分粥

早春の風の集まる斎田址

渡船待つ島人に告げ合格子

卒業の子らにもらひし感謝状

紫雲英田に道草の子のランドセル

日本一長い駅名阿蘇は春

つはものを弔ふ阿蘇の桜かな

巣作りの燕飛び交ふ英彦の駅

結納の帯締むる子に花菖蒲

補聴器の父にも届き河鹿笛

罌粟の花赤毛のアンのゐるやうな

新緑や貴婦人然と鵞鳥歩す

父祖の地の駅は無人に青田風

チューバ吹く思ひ思ひの緑蔭に

夏の果かつて勇魚に沸きし浜

鷺草の飛ばむと風に羽ばたけり

ひた上る比古の荒磴蟬時雨

星涼し賢治の国に降り立てば

奈落への入口ふたつ九月尽

柞散る蓋失ひし石棺に

貫頭衣つけ案山子立つ赤米田

天高し物見櫓に子らの声

鑑真の授戒の寺に小鳥来る

木の実落つ天平の世の夢清水

絵硝子のキリスト像に秋日濃し

嫁ぐ子を見送る祖母や菊の家

爽やかに白無垢の娘は手を離れ

下町の湯屋の煙突秋高し

藩ざかひ見張つてをりし案山子かな

飛び石は和服の歩幅菊日和

端渓の石眼七つ冬に入る

笑ひ皺少し増やして初鏡

寒菊や寺にて尽きし蜑の路地

豆を打つ吾が身の内に棲む鬼へ

鶯の初音確かに朱鳥の忌

句集　瞬き　畢

あとがき

　俳句を始めて二十年が過ぎ、自分の来し方を見つめ直していたころと「菜殼火」の終刊が奇しくも重なった。そんな中、次の一歩を踏み出すための一区切りとして、句集を上梓することとした。

　改めて振り返ると、俳句との出会いにより俳句を始めなければ見えなかったものに気づき、ちょっとした季節の移り変わりに心を動かされた日々であり、人生にはこんなにも味わいがあるのかと満たされた二十年であった。

論語に「五十にして天命を知る」とあるが、五十歳くらいから、人は自然の一部であり天からいのちを与えられ不思議な力で生かされているという思いが強くなった。螢の明滅を見て、広大な宇宙の中では螢も人間もちっぽけな存在であり、人の一生も光年の中では一瞬に過ぎないということを考えていて授かった句が、

光 年 の 中 の 瞬 き 螢 舞 ふ

である。

俳句は今という一瞬を詠みとめる文芸ともいわれるが、この句集は俳句を始めてからの二十年間の一瞬一瞬であるという思いを込めて、『瞬き』とした。

これからも、ただ生きているだけでは見えてこないものへ謙虚に心を開き、作句していこうと考えている。俳句という世界最短の詩、十七文字の宇宙で新しい発見をし、新しい自分と出会っていきたい。

初心者の私を今まで育ててくださった「菜殼火」の主宰であった野見山ひふみ先生、前編集長であった西村蓬頭先生に心からの感謝と御礼を申し上げたい。また、西村蓬頭先生には句集上梓に際し、序文と沢山の助言をいただいたこと、重ね重ね御礼申し上げたい。

そして、俳縁で結ばれた諸先輩、句友、句集出版にあたってお世話になった「文學の森」の方々に深謝申し上げる。

平成二十七年六月

森田孝子

著者略歴

森田孝子（もりた・たかこ）

昭和28年１月21日　福岡県に生まれる
平成６年　朝日カルチャーセンター福岡教室「日曜俳句入門」にて、野見山ひふみ主宰・西村蓬頭先生の指導を受ける。「菜殻火」入会
平成11年　「菜殻火」会友
平成17年　「菜殻火」同人

現住所　〒814-0153　福岡市城南区樋井川5-21-7
電　話　092-541-5552

句集　瞬き《またたき》
文學の森ベストセラーシリーズ
発　行　平成二十七年八月八日
著　者　森田孝子
発行者　大山基利
発行所　株式会社　文學の森
〒一六九-〇〇七五
東京都新宿区高田馬場二-一-二　田島ビル八階
tel 03-5292-9188　fax 03-5292-9199
e-mail mori@bungak.com
ホームページ　http://www.bungak.com
印刷・製本　小松義彦

ISBN978-4-86438-449-0　C0092